KB262085

반딧불이의 희망

반딧불이의 희망

2023년 1월 18일 초판 1쇄 발행

지은이　　강지혜
펴낸이　　오택민
펴낸곳　　들숨날숨
등록　　　2000년 1월 14일 제2000-5호
주소　　　39889 경북 칠곡군 왜관읍 관문로 61
　　　　　전화 054-970-2400　팩스 054-971-0179
　　　　　04606 서울 중구 장충단로 188 분도빌딩 102호
　　　　　전화 02-2266-3605　팩스 02-2271-3605
만든곳　　(재)왜관성베네딕도수도원 분도인쇄소
홈페이지　www.bundobook.co.kr

ⓒ 들숨날숨, 2023

ISBN 978-89-93926-96-5　　03800
값 13,000원

반딧불이의 희망

글 · 강지혜 | 그림 · 장동일

절망을 이겨내는 힘을 주는 시들

전병호 | 전 한국동시문학회 회장

강지혜 시인의 시를 읽으면 먼저 마음이 짠해진다. 시 속에 등장하는 인물들이 하나같이 결핍을 가진 약한 존재들이기 때문이다. 그들은 보통 사람들이 누리는 평범한 행복도 제대로 누리지 못하고 사는 경우가 많아 더 그렇다. 예를 들면 휠체어 타는 엄마, 치매 걸린 할머니와 할아버지, 소변 백 차고 있는 아이, 지적 장애인 친구, 시장에서 찬 바람 맞으며 나물 파는 할머니, 다문화 친구 등 모두 우리의 따뜻한 관심과 도움을 필요로 하는 이웃들이다. 이들은 어쩔 수 없는 환경적 어려움에 몹시 힘들어하고 급기야는 현실 부적응 행동도 보여주게 된다. 하지만 시인은 어떤 경우에도 이들을 포옹하고 따뜻하게 감싸 안아주려는 노력을 펼친다.

시 속에 등장하는 시적화자는 긍정적 가치관을 갖고 어떤 고통과 어려움도 이겨낼 수 있다는 용기와 의지를 갖고 행동한다. 힘들여 노력하지 않고 쉽게 절망하고마는 나약한 사람들과는 세상을 바라보는 눈이 근본적으로 다르다. 동시 "엄마의 힘"을 예로 들어보자. 이 시에서 시적화자는 휠체어를 타야 움직일 수 있는 아이다. 하지만 "내 덩치 반에 반 밖에 안 되는 가냘픈 엄마"가 "하루에도 수십 번 아픈 나를 들어 올려” 휠체어에 앉힌다. 심지어는 “업은 채 사층 계단을 오르 내리는 것도 끄떡없”다. 그래서 시적화자가 미안한 마음으로 “엄마는 왜 그렇게 힘이 세?” 하고 묻자 엄마는 “응, 우리 민석이가 힘을 주니까” 하고 대답한다. 정말 가슴을 뭉클하게 울리는 감동적인 장면이 아닐 수 없다. 살다 보면 우리는 수많은 절망과 불행과 예상하지 못한 불운과 수시로 만난다. 이때 최선의 노력을 다하지 않고 절망에 빠지고 마는 사람은 정말 불행하다.

아무리 어렵더라도 꿋꿋하게 일어나서 불행 속에서도 행복을, 절망 속에서도 희망을 찾는 노력이 필요하다. 노력하면 얼마든지 바꿀 수 있는 것이 우리 삶이라고 믿는다.

강지혜 시인의 시에서 어쩌면 시인의 분신일지도 모를 이런 엄마의 모습을 찾아낸데 뜨거운 박수를 보낸다. 자신이 불행하다고 믿고 싶은 이들에게 오히려 적극적으로 권하고 싶은 동시집이다. 이 동시집에는 진정한 용기가 무엇인지 알려주는 시들이 가득하니까.

'반딧불이의 희망'을 펴내며

한없이 부끄러운 마음으로 세 번째 동시집을 펴냅니다.

오늘은 바람의 결이 한층 새롭습니다.

동시를 쓰는 동안엔 내가 가진 행복의 크기를 가늠해 보는 시간이었습니다. 흐르는 바람, 날마다 감겨오는 햇살의 따사로움, 늘 곁에 있어 무심코 지나쳤던 것들에 새삼 고마움을 느낍니다.

작고 나약한 이들과 함께 어울려 사는 아름다운 무지개빛 세상을, 언제까지나 맑고 순수한 아이의 마음으로 어린이들에게 꿈과 희망을 낳고 따듯한 사랑을 전하는 글이길 바라봅니다. 새하얀 솜을 꽃피우는 목화꽃 가득한 환한 세상을 꿈꾸어 봅니다.

아이들의 천진한 웃음소리, 어디선가 청아한 새들의 지저귐이 들려옵니다.

– 2022년 찬바람머리에서

반딧불이의 희망

차 례

펭귄엄마

엄마는 항상 뒤뚱뒤뚱
펭귄 걸음이예요
나는 나란히 걷는 게 창피해
저만치 앞장서 갑니다

엄마, 다리는 언제 나아?
응, 우리 성훈이 장가갈 때쯤

갈수록 걷는게 힘들어진 엄마
오늘은 처음 휠체어를 타는 날
나는 훌쩍 커 장가갈 나이가 됐는데
엄마는 날로 약해져만 갑니다

야윈 다리를 봄햇살로 감싸고
온힘껏 휠체어를 미는데
그만 눈가가 촉촉해 집니다

할머니의 봄햇살

봄 내린 뜰
해종일 유모차에 앉아
눈 끔먹거리며 마당만 바라보시는 할머니
치매가 심해지고부터
누가 잡으러 왔다,
엄한 말을 하시며
이젠 방문을 걸어 잠그신다

할머니!
오랜만에 찾아뵈며 부르니
버선발로 한걸음에 나오신다
우리 손자!
내 손을 꼭 잡고 눈물을 글썽이신다

할머니도 모르는 치매
내가 나타날땐 저만큼 달아난다
할머니 눈엔 오로지 손자 뿐

눈에 넣어도 안아프다는 나는
할머니의 어두운 마음을 환히 비추는 햇살이다
할머니한테는 눈물겨운 보약이다

짓궂은 햇살과 바람

뜨거운 햇살이 꽃잎을 떨구고
시침 뚝,
살며시 구름속에 숨어 있다
해변으로 내려와
바닷물 속을 환히 비춰보고 있네요

어머, 저것 좀 보세요
잠든 꽃 흔들어 깨우던
살랑바람까지 모여들어
고요한 바다 물결
간질간질 물살을 간질이고 있어요

허수아비 병정들

화난 얼굴 찡그린 얼굴 눈썹 치켜 뜬 얼굴
가끔 튀어나온 고라니에 놀라고
비바람이 몰아쳐 중심이 흔들릴 때도 있지만
언제나 한 자리에서 묵묵히
할아버지의 콩밭을 지키고 있다
할아버지가 밭에 나오실 땐
활짝 두 팔 벌려 반기며

쉿! 마음을 놓아선 안 돼
밤이 되면 멧돼지가 어슬렁 거릴지도 몰라
콩밭을 에워싸고 철통 같이 보초를 선다
참새 몇 마리 살며시 어깨에 앉는다

마음 든든한 할아버지
콩밭을 둘러 보시며
에헴!
기침 소리 한 번 크게 하신다

허수아비 병정들 둥글게 서서
서로 얼굴을 마주보고
소맷자락 깃발을 펄럭인다
푸른 콩밭이 할아버지의 웃음으로 환하다

나의 꿈

해맑은 하늘 쟁반에
새하얀 마음이 몽실몽실 핀 구름 담아
알록달록 만국기로 조각보 씌워
지구촌 온나라에 송송,

별길에서 옥토끼가 방아를 찧는
평화로운 그 모습 낮달로 걸고
지구 밖 행성 까지 다 들리도록
어울더울 웃음 꽃 한가득 피었으면

따듯한 집

우리집 지붕 아래엔
네 채의 집이 있지요

마루 밑엔 고양이 집
마당 한 켠 강아지 집
텃밭에 달팽이 집
담장 밑엔 개미 흙집
집집마다 햇볕이 스며들지요

하늘이 꾸물꾸물 거리면
재빨리 제 집으로 쏙
하루의 이야기를 오손도손 꽃 피우지요

어울더울 모여 사는 포근한 우리 집
옹기종기 모여 사는 따뜻한 지구 마을

심부름

땅근땅근!
당근마켓 알람이 연신 울려 댄다
스마트 폰을 뚫어져라 보시던 엄마
신나서 뛰어 나가신다

땅근땅근!
하품을 날리던 나도
알람이 울리면 덩달아 바빠진다
재빨리 가방 챙겨 들고
엄마 심부름 나선다

슝슝,
박스가 날고 가방이 뛰며
동네 한 바퀴 돈다
한 박스 담긴 엄마의 풍성한 웃음
한 가방 가득 생글생글 내 미소

이 마을 저 마을
기쁨을 실어 나르는
나는 당근마켓의 셔틀 버스다
땅근땅근!
경적이 울리면
나는야 희망을 싣고 달린다

나의 계절은 봄

내 마음을 색칠 해요
자꾸 눈길이 가는 색이
마음의 계절 이래요

나는 여러가지 색 중
어떤 계절 가운데 있을까
빨강 노랑 파랑 삼원색도 떠오르고
일곱 빛깔 무지개도 떠오르지만
왠지 자꾸 노란색에 눈길이 가요

노란 개나리 핀 꽃길이 그려져요
내 마음은 봄인가 봐요
샛노란 개나리가 활짝 피어있나 봐요

눈물 방울

제일 참기 힘든 건 눈물이예요
혼줄나 얼굴 화끈거릴때도
잔뜩 화날때도
배꼽 잡고 웃을때도
나도 모르게 그만 눈물이 나요

마음속 진주알 품듯
가슴 깊이 묻어둔 눈물단지
왈칵 쏟아지는 날에는
진주알 최르르르 굴러 떨어지지요

바람이 나를 쓰담으며 옷단을 여며주면
추스르며 눈물을 닦아내지요
닦아내고나면 다시 기분이 밝아져요
희망이 샘솟아요
참기 힘든 눈물
세상에서 제일 귀한 보석이예요
나만의 값진 알보석이예요

쉿! 비밀이야

선생님은 다 알아
책 속에 얼굴 파묻고
도시락 까 먹고 있는 걸
마룻바닥에 일부러 초 칠해 놓은 걸

그런데 선생님이 모르시는 게 있지
내가 몰래 분필을 뿌려뜨려 놓았거든
숙제를 옆 짝이 다 해준 거 였거든

또 한가지
정말 이건 아무도 몰라
맨날 화가 난 선생님
화장실 벽에
도깨비로 그려 놓았거든
그 밑에 선생님 이름을 써 놓았거든

쉿!
이건 절대 비밀이야

아빠의 생일

테이프 만드는 일을 하시는 아빠

옷에서 항상 초콜렛 냄새가 나요

외국인 노동자와 같이 일하셔서 그런지

얼굴이 까매졌어요

오늘은 아빠의 생일

화분을 좋아 하시는 아빠께 드릴

컵 잔디 인형을 만들었어요

엄마의 스타킹에 흙을 담아 넓죽한 아빠 얼굴 만들고

철사로 만든 안경도 씌웠지요

울아빠랑 똑같다,

세살박이 동생은 테이프를 굴리며 놀다
동그랗게 아빠 얼굴 그리며 잠이 들어버렸어요

땀에 젖어 퇴근 하신 아빠
야근으로 며칠만에 본 아빠의 어깨가
푸르게 달빛에 젖어 있어요
나무 잎맥 같은 손바닥에 올려 놓은 잔디 인형
아빠는 양면 테이프처럼 나를 꼭 붙이고 활짝 웃으
십니다
우리 아들이랑 똑같네!

아빠가 벗는 양말에서
폴락폴락 박스 검불이 떨어지네요
차르르 별이 쏟아지네요

인형 머리의 잔디는
곧 파릇한 싹이 돋겠지요
푸른 꿈이 쑥쑥 자라나겠지요

요술 항아리

겨울 방학 맞아
한달음에 간 할머니 댁
시골 집 마당 한 켠
요술 항아리가 묻혀 있나?

가마니로 덮은 구덩이에선
알캉알캉한 무우 생생한 날고구마 뒤따라 나오고
살얼음 동치미 아삭아삭한 김치
땅이 품고 있는 맛난 먹거리가 한가득

할머니의 넘치는 정처럼
뚜껑을 열 때마다
갖가지 보물들이 자꾸자꾸 나와
혹 땅 속 깊히
요술 항아리를 묻어 두셨나?

우리 가족이 돌아갈때 쯤

대문 앞엔 벌써 꽁꽁 동여매 놓은 보따리

말린 시래기며 장아찌

줄 맞춰 나란히 선 마늘들

툇마루에서 배웅 나온 들기름

할머니는 분명 요술 항아리를

꼭꼭 숨겨 놓고 있는 게 틀림없어!

괜찮아!

괜찮아
괜찮아

다 괜찮다고 생각하면
정말로 괜찮아진다
기분이 밝아진다

내가 나에게
매일매일 들려주는
희망의 이 말
괜찮아!

힘들 때
자꾸 마음 속에 되뇌이면
어느새 편안해진다
다시 희망이 샘솟는다

맛소금

햇살 한 큰 술
숭덩 자른 바닷바람 한 모
싱그런 바다 내음도 한꼬집

조물조물
엄마의 정성을
한가득 버무린

손끝에서
입가에서
환하게 피어나는
바다의 고운 꽃

돌돌돌

겨울 바람이 온몸에 파고들면

내 동생은 누에고치가 돼요

이부자리 쏙 파고 들어가

이불을 돌돌 말아 자지요

학교 갈 때도 목도리 돌돌 두르고

시린 손도 소맷자락으로 돌돌 싸매고

무엇이든 돌돌 말지요

아마 꿈속에서도 엄마 품에

돌돌 말아 응석을 부릴걸요?

찬 바람은 돌돌 내 동생을 말고

내 동생은 돌돌 찬 바람을 말아요

돌돌돌 서로 말면 아주 따듯해져요

돌돌돌 서로 안기면 마음까지 훈훈해져요

즐거운 마음 한 개

유후!
오래오래 기다렸다
드디어 여름 바다 캠프를 간다

삼겹살 파티도 하고
해변 별자리 관측도 한다
내가 본 별을 친구들에게 마구마구 자랑 해야지
알록달록 몽돌을 한껏 자랑 해야지
아마 아침이면 금모래 밭에서
불가사리 별을 주울지도 몰라

내 마음은 벌써 바다 캠프에 가 있다
그런데 준비물이 뭐였지?
수영복, 물안경, 튜브
그리고 또 한 가지 뭐 였더라?
뭐 였더라?

아하,

즐거운 마음!

즐거운 마음도 한 개 가져 오랬지!

엄마 얼굴은 바다

엄마 얼굴은 드넓은 바다입니다
모래 사장 같은 거친 얼굴을 사박사박 걷다보면
엄마 마음이 하얗게 포말을 일으켜
눈물이 밀물 되어 내 마음에 밀려들지요
출렁이는 파도 주름진 이마를 거닐면
차마 다 하지 못한 말들
물결 높이 일렁이지요

쓸리고 쓸려 둥글어진 몽돌
그 단단한 시름을 안은
엄마의 거뭇한 얼굴은
깊고 깊은 바다입니다
가끔 웅숭깊이 묻혀버린
진주알 꽃시절이 너울너울 일기도 하지요

일상속 고단함이 썰물로 밀려가
빛 잃은 엄마 얼굴 반짝반짝 물비늘로 빛났으면
잔물결 촘촘한 춤사위로 눈부시게 빛났으면

에티켓 벨

화장실 안
맑은 새 소리 돌돌 감고
쵸르륵 쵸르륵 촐촐촐
경쾌하게 흐르는 시냇물 소리
흠!
시침 뚝 떼고
댕글댕글 똥덩이
퉁,
떨어질 때

물

엄마, 저것 봐
다리에서 물이 나와

지나가던 아이가
신기한 듯 손가락 가리킨다

소변 백을 차고 있는
환자인 줄 모르고
바지 걷어
오줌 누는 건데

파도

바람 그네를 타고 놀던 파도
수없이 엎어져
온몸이 새파랗게 멍들었어요

햇님 옷자락에서
숨바꼭질 하던 파도
얼굴이 새까맣게 그을렸어요

그래도 여름이 좋아

마냥 신이 나서

해종일 덩실덩실 춤을 춥니다

봄날

봄 내린 뜰
메주를 찬찬히 펼쳐 놓으시는 할머니
콤콤한 몸이 햇볕을 쬐는 동안
흙 배긴 항아리를
짚으로 말갛게 닦으신다

오금 한 번씩 펼 때마다
햇볕이 불룩
장독마다 햇살이 튄다
항아리 안에 푸른 하늘이
먼저 둥그렇게 들어 앉고

볕이 잘 들어야 장맛이 좋은 거여,
할머니의 머리칼이 은실로 반짝인다

개집 속에 개밥 그릇도
볕 잘 드는 곳으로 나간다
햇볕을 따라 나간 누렁이
햇살에 버무려진 밥을
참 맛나게 먹는
따슨 바람과 햇발이
마당 가득 널린 날

종이 인형 놀이

정숙이가 삐뚤빼뚤 오린 옷을 나에게 입혀 봐요
고 조막만 한 손으로 요것조것 입혀 봐요
그럼 난 공주가 되어
드레스도 입고
알록달록 한복도 입고
마냥 신이 나지요

그런데 앗!
자꾸 옷이 벗겨져요
예쁜 원피스도
진주 목걸이도
자꾸만 아래로 떨어져요

왠 줄 아세요?
옆에 네모난 종이 꼭지를 꾸욱 접어야 하는데
그래야 하는데

이런!
나는 종이 인형이잖아요

종이컵

친구와 싸운 날
종이컵도 구겨졌다

살며시 손을 내밀며
내가 먼저 사과 했다

컵을 포개며
한마음이 되었다

구겨졌던 우정이
다시 동그랗게 피었다

딱따구리

할머니 입속에
딱따구리가 한 마리 산다

오물오물
딱딱딱
틀니 부딪히는 소리

할머니 말 따라서
딱따구리도 박자 맞춘다

어멈아, 밥상 차려다오
딱딱딱딱

할머니 입속 둥지에
딱따구리가 엄마를 부른다

다 들켰다

풀밭에서 놀던 뱀
발자국 소리에 놀라
사사삭,
재빨리 숨었다

다 들켰다!
쏙 들어간 땅굴 문
안 닫아서

알사탕

형을 기다리다 한 알
엄마 기다리다 한 알
누나 기다리다 또 한 알
사탕 한 병을 홀랑 다 비웠다

지루하지 않게

날 달래주는 알사탕

기다림도 달콤하다

옛날 이야기

옛날에 말이다

솔솔 눈이 감겨 오고
할머니도 꾸벅꾸벅

그래서 말이다

꿈속에서도 도란도란
끝없이 이어지는

할머니의 정겨운
옛날 이야기

함박눈

벌거벗은 나무 추울까 봐
하얀 털옷 두텁게 입혔어요

헐벗은 산 얼까 봐
하얀 솜이불 포근하게 덮었어요

내 머리에도
하얀 털모자를 씌웠어요

풍선껌

누가 누가 크게 부나
오물오물

더 크게 더 크게
더 세게 더 세게
이따만큼
하늘까지 부풀어 올라라

그러다 그만
빨개진 얼굴에 착 붙어 버렸다

욕심을 너무 부렸나
짓궂은 바람이 꼬집고 갔나

다음엔 내가 일등
아이들 껌딱지
하늘에 몽글몽글
구름으로 새하얗게 피었다

소금

매콤새콤 비빔국수에
아삭아삭한 배추 겉절이에
짭쪼롬한 알감자 조림에

한 상 가득
맛갈나게 차려진
엄마의 마음

변함 없는 손맛처럼
정갈한 엄마를 닮았다

그 옛날 주사 맞는 날

줄 맞춰 예방 접종을 한다
따끔!

분명 따끔 하다고만 했는데
자기 차례가 오자
울음을 터트리며
맨발로 도망가는 우리 반 반장
잡으러 가는 선생님

공부는 일등인데
주사 맞는 건
전교에서 꼴찌다

디딤돌

버스 정류장에
휠체어 탄 아저씨
저 버스를 어떻게 타실까

그때 차 밑동이에서
휠체어 리프트가 스르르 나온다
환하게 번지는 미소
살며시 놓아주는
고운 디딤돌

내 마음에
따스한 희망 한 알 심었다

BUS

가위바위보

항상 보 밖에 낼 줄 모르는
지적 장애인 친구 민준이
오늘도?
가위바위보!

그런데 왠 일로 가위를 낸다
두 번째도 또 가위를 낸다

이젠 가위만 내겠지?
민준이 모르게 슬그머니
손가락을 말아 바위 내려다 말았다

늘 지기만 하는 민준이
오늘은 둘 다 가위
비긴 거다!

민준이가 날 보고 활짝 웃는다
지난 일들이 슬쩍 미안해진다

다음부터 내가 보를 내야지
다음엔 민준이가 이길 수 있게
서로 비기고 지고 이기고
우린 다 같은 친구니까

동그라미

동그란 내 얼굴
동그란 밥공기
동그란 고양이 눈망울
모두 다 동그라미

유치원을 갔다 와도
밥을 잘 먹어도
심부름을 해도
참 잘 했어
엄마는 날마다 두 팔 높이 동그라미를 그려요

동그랗게 오므린 내 입술
동그랗게 핀 엄마의 마음
나도 두 팔 번쩍 동그라미를 그려요
하늘 높이 그려요

왕소금

한 웅큼 휘휘
깍둑깍뚝 썬 무우
굵직굵직 대파
뚜다닥 뚝딱

알캉알캉 깍뚜기
그 속에서 빛나는

투박 하지만
맛갈나게 녹여내는
엄마의 마음

나물 할머니

쌀쌀한 날 버스 정류장 앞
언제나 그 자리에서
찬 바람을 걸치고 옹송그린 할머니
캐 온 냉이며 달래 쪽파를 정성스레 다듬으신다
옹이진 손마디로
다 다듬은 쪽파의 등을 자꾸 쓸어내리신다

나란한 나물들
다 팔아도 일 만원 남짓
할머니 얼굴에 핀 검버섯처럼
손끝에 흙물이 거뭇거뭇
지나는 발자국 소리를 손갈퀴로 긁어 담고
속엣말을 허연 입김으로 뱉으신다

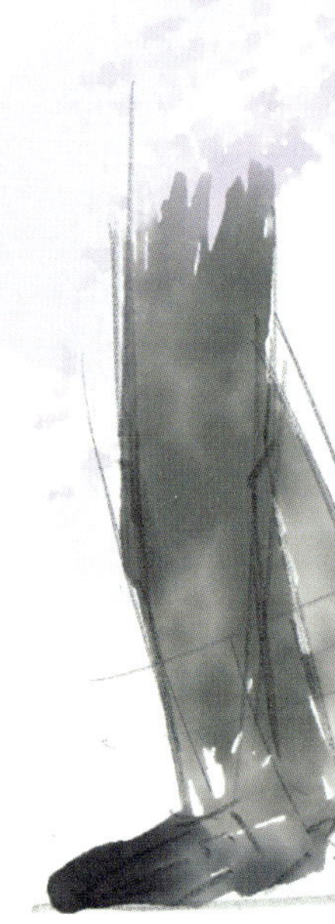

수북이 냉이 한 줌 덤으로 얹고
자식들이 아른거리시는지
가는 뒷꿈치를 한동안 바라보신다
지긋이 나물을 움켜쥐신다
앙상한 손으로 또 저무는 하루를 다듬으신다

바람개비

휘익 부는 바람에
널어놓은 나물을 얼른 걷으시는 어머니
하우스 비닐을 바삐 여미시는 아버지

바람 부는 날이면
어머니 아버지는 바람개비가 된다
바람이 쌩쌩 세게 불수록
더 빠르게 도는

꽃소금

휘휘 뿌려 고등어도 굽고
솔솔 무우에 버무려 깍뚜기도 만들고
슬슬 물에 풀어
감자도 삶아 야물야물
꽃소금은 아주아주 하는 일이 많아요

엄마의 손에서
엄마의 마음에서
중심이 되어 피는
예쁜 이름

입속에서 환한 꽃으로 피어나요
말속에서 은은한 향이 묻어나요

엄마는 제일가는 디제이*

작은 주방 무대에 한바탕 흥겨운 시간이 펼쳐진다

가스렌지 손잡이를 좌우로 돌리시며 콧노래 흥흥

프라이팬 내리고 냄비 올리고

발랄한 춤곡으로 판을 바꾼다

오예! 파란 불꽃이 머리를 풀고

앗싸! 구수한 음식 내음에 나도 신나 덩실덩실

보글보글 찌개 끓는 소리

쿵쿵 마늘 찧는 소리가 경쾌하게 울리고

국물도 들썩들썩

양손에 젓가락 쥐고 냄비 뚜껑 탕탕

맛을 본 숟가락으로 톡톡

음악이 끊기지 않게 리듬을 살려낸다

송골송골 땀방울이 맺힐쯤

무대의 뜨거운 열기를 한 소끔 식힌다

●●

*디제이 : 음악 프로그램이나 춤을 추는 클럽 따위에서 음악을
선곡해 들려주는 사람

엄마는 강남 클럽 못지 않은

우리집 요리 클럽의 제일가는 디제이다

맛난 음식이 폭폭 김을 피워 올리며 한층 감칠맛을

돋운다

간식

선생님께서 칠판에
겨울철 간식은
ㅂㅇ뻐, 쯔뻐, ㅎㄸ, ㄱㄱㄱㅁ.
이라고 써 놓으셨다
알아 맞추는 사람은
간식 하나씩 주신단다

와아, 간식이다!
무얼까
무얼까

먹는 거 제일 일등인 나

눈빛이 반짝반짝

아하,

붕어빵, 찐빵, 호떡, 군고구마!

오늘도 내가 일등이다!

나무

나무 허리춤에
귀를 대 봅니다
바람이 물꼬를 트는 소리
초여름 햇살이
물을 길어 올리는 소리

팔 벌려 나무를 한아름 안아 봅니다
가지마다 기지개를 켜는 소리
새싹이 움트는 소리

이마를 마주 대고
가만히 눈맞춤 해 봅니다
꽃등이 켜지는 소리
푸른 품이 열리는 소리

환하게
꽃잎 벙그는 소리 들려옵니다

희망

겨울을 뚫고
파릇파릇 돋아난 새싹
빗방울이 힘 돋워 주고
햇살이 감싸 주고
봄바람도 달려와
따뜻하게 손 잡아 준다

풀잎은 언 땅을 딛고
꿋꿋하게 일어선다
다시 힘찬 발돋움을 한다
두 팔 벌려 새 희망을 안는다

닭 다리 한 개

누가 남겨 놓았을까
냄비 속에 닭 다리 한 개
엄마 일까
아빠 일까

군침이 도는 순간
아른거리는 동생 얼굴
집었다 놓았다

그러다 그만
상해버린 닭 다리
양보 하려다 먹지는 못했지만
서운하진 않다
가족들의 온정이 묻어난다

선장

현장에서 아빠랑 같이 테이프를 만드는 타르카 아저씨
삼 호기 기장인 아빠를 캡틴이라 부른다

캡틴!*

황급히 달려 가시는 아빠
순식간에 삐뚜룸한 원단 불량이 나왔다

몸에 익어야지,
아름드리 무거운 원단을
으랏차차, 타르카 아저씨랑 갈아 끼운다

캡틴!
슬그머니 내미는
자판기 백 원 짜리 커피 한 컵에
따스한 정이 모락모락 피어오른다

아빠는 수출 산업 바다의 삼 호 선장이다
고된 날엔 꿈속에서도 배를 타시는지
꺼뭇꺼뭇 접착료가 얼룩진 손으로 휘휘 방향을 젓는다

아침이 오면 캡틴은 다시 배에 오를 것이다
내일의 꿈을 향해
또다시 아빠의 항해는 시작될 것이다

*캡틴: 선장

빗물저금통

비 오는 날
지붕에서
벽에서
조르륵조르륵 모인 빗물

텃밭에 채소들도 키우고
나무도 키우고
미세 먼지도 씻어 내고
아버지의 일손을 거든다

조금씩 조금씩 불어나는 빗물통
우리집 든든한 저금통이다
하수구로 흘려 보냈던 빗물이
모여모여
아주 큰일을 해낸다
훌륭한 자원이 된다

날마다 탑을 쌓는 할아버지

쌓으신다
자꾸 자꾸 쌓으신다
치매를 앓고부터 할아버지는
손에 집히는 건 뭐든 다 쌓으신다

물컵도 쌓고
종이 기저귀도 쌓고
간병인 웃음도 쌓고

오래 살아 짐이구면,
빈말을 쌓고
눈물방울을 쌓으신다

휠체어에 내 손을 쌓으시고는
놓질 않으시는 할아버지
할아버지의 온마음이 무너질까
차마 손 탑을 허물지 못하는 나

새끼 발가락

반달이 떠 있던 할머니 새끼 발가락
등을 구부린채
옴짝달싹 못 하고
넷째 발가락에 숨어 지낸다

벽을 짚고 어깃어깃 발을 딛는 할머니
새끼 발가락은 온힘껏 갈퀴발로 힘을 보탠다
영차영차, 한 걸음씩 할머니의 걸음을 옮긴다
꼭꼭 숨어서도 아주 장한 일 해 낸다

일기 예보

오늘 날씨는 전국이 대체로 맑겠습니다
강원 영동등은 건조주의보가 발효중입니다.
아침 출근 길에는 짙은 안개를 조심 하셔야 겠습니다

뭐 그렇게 설명이 길어
애먼 소리만 하네

저기압이신 엄마
우리 집 일기 예보는
엄마에게 달려 있다

오늘은 낮부터 비구름이 몰려오고
한때 강한 태풍도 불겠습니다!

달력

나비떼 팔랑팔랑
향 냄새 피어오르고
기계 돌아가는 소리
동그라미속에 모두 숨어 있어요

학예회 발표회
할아버지 제삿날
아빠의 근무일
하나하나 잊지 않고 챙겨 주지요
하마터면 잊을 뻔한 일도 꼼꼼하게 알려 주지요

도란도란 가족들 말소리가 들려와요
한 칸에선 떼쟁이 동생 울음보 터지고
한 칸에선 까르르 친구들 웃음

모레는 할머니 생신
난 벌써 시골집 마당에 가 있어요

종이가 얇아질수록
한 살 더 불룩해져요
빨강 검정 디딤돌
하루하루를 건널 때마다
내 키는 조금씩 더 자라고
풍선처럼 마음이 부풀어 올라요

십이월 한 장이 남아 있어요
우르르, 황금 돼지들이 몰려와요

털옷 입은 나무

바람 쌀쌀한 날
누가 저리 예쁘게 옷을 입혀 놓았을까
앙상한 나무가 털옷을 입고 있다
누가 저리 고운 마음씨를 지녔을까

잎을 다 떨군 나무가 추울까 봐
앙상한 팔이 안쓰러워서
품에 있던 이파리 생각에 눈물이 나면
알록달록 입은 옷 보며 힘내라고

토닥토닥 다독여 주는 이웃이 있어
나무는 기운이 난다
한겨울 추위도 끄떡없다

끈

오늘도 이불 흠뻑 적시신 할머니
치매를 앓고부터 내 이름만 줄기차게 부르신다
옷 갈아 입을 생각도 안 하시고 나만 찾으신다
할아버지도 아빠도 삼촌 이름도
다 똑같이 성훈이라고 부르신다

할머니가 찾는 건 분명 내가 맞다
한걸음에 달려가면
눈물방울 매달고 활짝 웃으신다
흐릿한 눈엔 나만 보이시나 보다
할머니 마음속엔 나만 있나 보다
내 손을 꼭 잡고 놓질 않으신다

할머니가 꼬옥 놓지 못하는 나는

세상에서 제일 단단한 끈이다

장독대 풍경

동글동글
항아리 위 쌓인 눈
주발에 고봉으로 담긴
흰 쌀밥 같다

잔 돌멩이 깔린 장독대
그 허름한 밥상에
햇살이 슬몃 바람이 슬몃

한 상 가득 차려진 밥을
어느새 다 비우고 있다

봄꽃

봄날
화단의 꽃들만 고운 것은 아니지요

햇살 머금은 동생 입가에도
봄볕 아래
밭을 일구고 오신
아버지 팔등에도
하얀 이팝꽃
군데군데 무리 지어 피었어요

따스한 햇볕이 살갗을 간질일 적마다
봄 바람도 달려와 앉다 가고

희망이 숨 쉬는 마음밭에
고운 햇살가루가 수북

흙 내음 묻어나는
버짐꽃이 활짝 피었어요
봄을 맞아 새하얗게 피었어요

마늘 심은 날

마늘을 심고 오신 할머니
손톱 끝에
거뭇거뭇 흙살
손에는 마늘 냄새가 배어 있다

호박 구덩이에
정성도 듬뿍
조금 있으면
햇살 비닐 씌우고
별가루 왕겨를 뿌리실 거다

곧 희망의 싹이 움트겠지
하늘 보며 사랑은 자라 나겠지
마음의 갈피 마다
알 굵은 마늘향

고생 하신 할머니 팔을

꼭꼭 주물러 드린다

한 뼘씩 맞춰 마늘을 심듯

두 손

둥이 부었구나
오늘도 많이 힘들었지?
왼손이 오른손을
꼭꼭 주물러 줍니다

오른손은 손깍지 모으고
볼을 부빕니다

넌 나의 힘이야
우린 하나잖아

내일도 두 팔 번쩍 들어
크게 기지개 켜고
하루를 함께 시작 하자

두 손은
힘차게 손뼉을 칩니다

꽃씨 심기

꽃씨를 심었어요
내 마음을 꼭꼭 담아 심었어요
햇살 한 웅큼도
흙 갈피에 넣었지요

파릇파릇 새싹이 돋고
고운 꿈이 피어 나겠지요
햇살이 꽃씨를 안아
꽃눈을 환히 밝혀 주겠지요

내 마음도 꽃처럼
활짝 피어나겠지요

손과 발

손아
수고했어
하루 종일
햇살을 모으느라고

발아
너도 고생했어
하루 종일
햇살을 캐러 다니느라고

사랑해!

손은 발을
꼬옥꼭 주물러 줍니다

발가락은 수줍어서 그만
얼굴이 빨개졌습니다

낙엽

쌀쌀한 날
연신 낙엽을 쓸고 계시는 경비 아저씨
단지 한 바퀴 돌고 나면 수북이 쌓이고
쓸고 나면 또 쌓이고
아저씨 주변을 휘휘 맴돌며
자꾸만 일을 시키는 낙엽
허리 한 번 펼 새 없으시다

그런데 아저씨는 힘들지도 않으신지
허허 웃으신다

낙엽이 내 할 일을 주니까
일거리가 없으면 손을 놓아야 되니까
그러니 고맙지
또 낙엽은 거름이 되서
나무를 키우거든

낙엽을 고마워 하는 아저씨

이파리 다 떨군 앙상한 나무도

아저씨를 굽어 보며 힘을 낸다

효자 손

두툼한 형 손은 두텁 손

맛난 음식 내오는 엄마 손은 꽃 손

고장난 거 다 고치시는 아빠 손은 마법 손

방 바닥 머리카락도 쓸고

흘린 거 다 담으시는 할머니 손은 갈퀴 손이다

등을 긁어 드려도

물을 떠 드려도

아이구, 시원하다 우리 효자

할머니는 내 손을 꼭 잡고

효자 손이라 하신다

구석구석 할머니의 가려운 마음까지 긁어 드리는

조막만 한 내 손

길

우리 반에 다문화 친구 수련이가 전학을 왔다
자꾸만 서로 눈빛이 엉켰다
같은 모둠 친구들은 얼마나 좋을까

하굣길
등 뒤에서 누가 날 부른다
콩닥콩닥
숨이 딱 멎었다
수련이다!

어디에 사니?
물어볼 거 많은데
수련이 발자국 소리만
우물우물 입 안에 구겨 넣고 뒷따라 걸었다
어딘지 계속 걸었다

수련이와 함께라면
지구 어디라도 갈 수 있을 것 같다
하나도 다리 안 아플 것 같다

내 마음에
알 수 없는
길이 하나 생겼다

반딧불이의 희망

물가 풀숲에서 나온 반딧불이
꽁무니에 등불을 달고 날아다녀요
밤길이 어두울까 봐
엄마 반딧불이는 환한 등불을 켜고
앞장서 손짓합니다
나뭇잎 뒤에 있던 아기 반딧불이도
용기 내 따라 나섭니다

찬 이슬 머금은 아기 반딧불이
날개돋이를 하며
하나 둘 꼬마 전구를 켭니다
깜빡깜빡 빛을 내며
하늘로 힘껏 날아오릅니다

와아,
반짝반짝 빛나는 세상이다
밤이 하나도 무섭지 않아

엄마의 힘

엄마는 천하장사예요
나를 번쩍 들어 휠체어에 앉혀요
내 덩치 반에 반밖에 안되는 가냘픈 엄마
하루에도 수십 번 아픈 나를 들어올려요
업은채 사층 계단을 오르내리는 것도 끄떡없어요

엄마는 왜 그렇게 힘이 세?
응,우리 민석이가 힘을 주니까

세상앞으로 나가는 한걸음이 천근만근인데
엄마는 나를 추슬러 업으며 가볍다고만 해요
신발 신고 나가자,
들었다 앉혔다 매일 수백 키로를 드는 엄마

나를 쉴 새 없이 들어 올리고
또 하루를 들어 올리고
온힘껏 지구를 들어올려요
엄마는 세상에서 제일가는 천하장사예요

집 걱정 없는 고양이

우리 고양이는 어느곳이든 집이다
네모났기만 하면 다 깔고 앉는다

네모진 박스 네모진 신문지 네모진 방석
네모진 집

하품 날리며 명상을 하기도 하고
벌렁 드러눕기도 하고 잠들기도 하고
네모진 곳이면 어디서든 보금자리가 된다
제 집이 된다

집 걱정 없어 참 좋겠다

봄 한 줌

햇볕 좋은 날
나들이 나온 아기
손을 오므렸다 폈다
햇살 한 줌
구름 한 줌
바람 한 줌
가만히 폈다 오므렸다
봄 한 줌
넣었다 폈다 하네

삼월

새싹이 고개 내밀고
파릇파릇 돋았다고
햇살의 손짓에 따라갔어요
흘깃 지나는 바람
옷단을 여미게 하지만
마음밭 가득 봄볕이 스며요

새 희망이 고개 내밀고
연초록 빛깔로 돋아나요
밑그림으로 그려 보는 나의 꿈
곱단히 색칠 해 봅니다

봄까치꽃

부르기가 우스운
원래 이름
개불알 꽃

눅눅한 풀섶
마른 논두렁에서도
늘 하늘을 마음에 그려
아름답게 필 거야
하늘 닮은 파란빛으로 필 거야

네 잎의 손 안에
가득 부푼 은빛 솜 몽우리

길 가장자리
겨울 바람 속에서
새봄을 꿈꾸며
봄날을 기다린다

풀꽃

바라 보는 사람
부르는 사람 없지만
올해도 그 자리
조그만 그대로
나무 둘레
변함 없이 핀 꽃

그래서 더 예쁩니다
더 사랑스럽습니다

가만히 두 손에 안아 봅니다
봄바람도 팔 벌려 안아 줍니다

약하지만 꿋꿋한
그 꽃 이름은
풀꽃입니다

채송화

까치발 발돋움 해도
너의 눈과 마주할 수 없고
아무리 닿으려 해도
너의 손을 맞잡을 순 없지만

저 골목길 끝
순하가 언제 학교에서 돌아 오는지
현철이가 찬 공이
누구네 유리창을 깼는지
난 알 수 있어

담장 아래
좁은 그늘 속에서도
마당 한 쪽 화단
풀 사이에서도
펌프가 우뚝 서 있는 샘
맨 가장 자리에서도
궁금한 것을 한 눈에 볼 수가 있지

쑥쑥 어디에서든 잘 자라
너처럼 주변을 맘껏 볼 수가 있단다

해바라기야
꽃 중에 제일 키가 크다고?
난 하나도
네가 부럽지 않아

손

내가 양말이라 부르는
현장에서 아빠와 같이 일 하시는 '락말' 아저씨
체류 기간이 다 되어
이젠 스리랑카로 돌아 가신다

돈 많이 벌었어?
방글라데시 아저씨도 한 마디 하는데
눈물을 뚝뚝 흘리시는 락말 아저씨
여기서 더 있고 싶어요!
저녁 상 앞에
모락모락 정이 피어 오른다

얼굴 색 생김새는 다 다른데
닦이지 않는 접착료가
꺼뭇꺼뭇 지도로 그려진
뭉툭한 손들이 다 똑같다

희망으로 뭉쳐진

저 거무접접한 손이 다 똑같다

갈매기의 받아 쓰기

까만 꽁지깃으로
바닷물 꾹 찍어
바람이 하는 말을
뻘 밭에 받아 쓴다
받아 쓰다가 잊어 버렸는지
하얀 날개 종이를 펼쳐 들고
다시 바다로 간다

파도가 출썩이며
서성거리는 갈매기에게
바닷바람의 말을
모두 다 알려 준다

저 갈매기
대부도의 하늘을
다 갖은듯 난다

브이*

수면 위 둥둥 떠 있는 브이
바다는 땡볕에 다 부서진 브이를 삼키며
하얀 거품 토해내고
닳고 헤져 널브러진 브이는
바다를 통째로 삼키며 물살 앓게 한다
상괭이도 돌고래도 브이를 삼켰는지
바다를 지키는 모래밭 가장자리로 나오고

*브이: 바다 위에 고정된 물표

바닷바람을 타고 온 갈매기
갈라져 조각난 브이에 앉아
지난날 바다와의 추억을 그려보며
어디를 가야할지 깊은 생각에 잠긴다

외발 수레

발이 하나라고
웃지 마세요
논두렁 좁은 길도
콩밭 비탈길도
난 갈 수 있어요
몸을 일으켜 세워 줄
손만 있다면
어디든 꿋꿋하게

누군가 나에게 손을 내민다면
풀길도 자갈밭도
한 발로 힘차게 갈거예요

거름을 싣고 가서
푸른 싹을 틔울 거예요
금빛 햇살을 가득 나를 거예요
세상에 꼭 필요한
내가 될 거예요

의자

가게 앞에 빈 의자
얼른 앉았는데
저만치서 할머니 한 분이
유모차를 밀고 오신다

쉬었다 가셔요

햇살도 앉았다
바람도 앉았다
가끔 빗방울도 앉았다 가는
주인 아주머니의
예쁜 마음이 놓인 의자
낡은 구닥다리지만
언제나 만나면 정답다

자리를 내어 드린
내 마음도 따듯해진다

노랑 나비

네가 어디에 숨을 건지
난 알아
나무 의자에 앉았다
풀밭을 서성거렸다
살살 내 눈을 흔들어 놓지만

찾았다!
바람 등에 살짝 업혀
유채 꽃밭에 앉아 있는 거
너를 똑 닮은 노란 꽃잎 속에
시침 뚝 떼고

점 무늬 노란 옷자락
다 보이는 걸

바람 청소부

나뭇가지 틈에
누군가 던져 버린 과자 봉지
바람이 달려가 떼어 줍니다
나뭇가지 겨드랑이 사이
담배 꽁초도 털어 줍니다
나무는 깨끗해진 얼굴로
나뭇잎 손 흔들며 활짝 웃습니다
바람의 마음이 참 따듯합니다

봄

들리세요?
스르르 봄 문 열리는 소리

아직도 눈가에
겨울잠이 묻어 있는 새싹
환한 햇살에 실눈 뜨고
기지개를 켜요

봄바람에 얼굴 씻고
연초록 옷 입어요
잎 잎마다 팔 벌려
햇살을 안아요

곧 마음 한 가운데
꽃이 피어 나겠지요
쏙쏙 새로운 꿈이 돋아나겠지요

마음의 창을 활짝 열어요

우산

하굣길
친구와 같이 우산을 나눠 쓰고 왔다
우산대를 서로 꽉 쥐고
빗물 웅덩이도 같이 건넜다

난 우산 밖으로 나간
친구의 반쪽 어깨에 우산을 기울여 주고
친구는 자꾸 내 쪽으로 기울여 주고

어깨가 젖었지만
기분 좋았다

엄마라는 이름

학교 갔다 온 형이 묻는다
엄마는?
마실 다녀오신 할머니도
엄마는?
식구들이 쉴 새 없이 찾는다

온종일 밭에서 일하고 오신 엄마
흙먼지를 털어내며
엄마도 엄마를 부르고 싶을 때 있단다
무릎이 바스락대는 소리
어깨에 바람이 수런댈 때면
소리쳐 엄마를 부르고 싶을 때 있단다

주머니를 단 가을

가을은 이곳 저곳
크고 작은 주머니를 매달아요

산 나무에 달콤한 으름 열매
알밤 도토리 주머니

들 논밭에 벼 콩 참깨
촘촘 매달린 호주머니

주머니마다 영근
햇살 바람이 만든 알곡

가을은 산과 들에
단내 나는 주머니를 터질듯이 매달아요

버스

버스 한 대가 엉덩이를 들썩이며
비탈길을 내려간다
스멀스멀 닿은 곳은
버스의 집 주차고
오늘도 무사히 잘 갔다 왔다고
휴, 입김을 내뿜는다
기사 아저씨도 장갑 벗은 손으로
쓰윽, 버스 문을 쓸어내리신다
그 많은 사람들
집집마다 데려다 주고
가벼운 마음으로
수고 했어!
내일도 화이팅!
버스와 아저씨는
언제나 한 마음 한 몸

할머니의 봄햇살 ·14p

할머니의 봄햇살은 치매에 걸려 온종일 유모차에 앉아 마당만 바라보던 할머니가 손주가 온 것을 보고 버선발로 한걸음에 달려 나오는 손주사랑의 마음을 아이의 눈높이에서 잘 표현한 작품이다.

손 ·148p

손은 해외 노동자들의 뭉툭한 손을 통해서 인간적인 연대감을 찾아내고 있다. '얼굴색깔은 달라도 희망으로 뭉쳐진 거무접접한 손이 다 똑 같다'라는 결미가 지구촌이라는 말을 연상시키는 효과를 지니고 있는 작품이다.
'손'은 우리 이웃에서 종종 볼 수 있는 동남아 출신 노동자들을 바라보는 따스한 시선으로 그려낸 작은 크로키다. 체류 기간이 다 되어 고국으로 돌아가야 하는 스리랑카 '락말' 아저씨는 방글라데시 아저씨 앞에서 아쉬움에 눈물을 뚝뚝 흘리고 시인은 동심의 시선을 들어 두 사람의 '희망으로 뭉친' 거무접접한 손들을 클로즈업한다. 따사로운 눈과 넉넉한 품성을 느끼게 한다.

노랑나비 ·158p

이 작품은 동시로서의 해조, 하모니와 멜로디는 너무 완벽해

서 놀랍다. 시점도,표현도 매우 아이들답고 특히 회화체 어조
가 뛰어나다.

봄날 • 52p

봄을 생각하면 마술 같다. 거짓 같은데 그대로 참인 사물 현
상을 보고 그 혜택 안에서 우리 모두 살아간다. 그 중 봄날의
햇살에는 과학의 설명만으로는 부족한 무량한 아름다움과 힘
이 있다. 그 힘을 근원으로 대지에서 싹이 트고,웅크린 우리
는 오금을 펴고 세상에 나선다.
모든것이 봄이니까.
이 시는 햇살과 할머니와의 관계, 혹은 의미를 중심에 놓고
화사하게 펼쳐진다. 항아리를 짚으로 닦는 것에서 화학이
배제 되었던 시절을 보고, 항아리 안에 푸른 하늘이 먼저 둥
그렇게 들어 앉는 것의 발견에서 각이 아닌 원을 살던 시대
를 본다. 개밥을 햇빛속으로 집어내는 전개는 시골 살림의 풍
경을 절로 불러내며 웃음 짓게 한다. 봄은 이렇듯 새내기들의
계절이지만 할머니 는 얼마 안 있어 이 봄에서 사라지는 것이
이치다. 그런 할머니이기에 봄날의 이치를 안다. 그 애틋한
순응이 시에 숨어있는 내용이겠다. 긍정의 풍경이 화창하다.

날마다 탑을 쌓는 할아버지 • 102p

이 동시는 쉽게 읽히면서도 일상의 따뜻한 풍경이 눈앞에 오
랫동안 그려지는 건 동시로서의 크나 큰 미덕일 것이다.

아빠의 생일 • 32p

노동에 지친 아버지를 동화처럼 그려냈다. 비록 시의 소재가 어둡더라도 밝고 따뜻한 시선을 통해 시적으로 승화 시키고 있다.

디딤돌 • 74p

디딤돌이라는 시를 읽으면서 휠체어의 장애인은 물론 버스 기사 그리고 그것을 보는 모든 사람들에게 희망과 미소와 행복을 한아름 안겨주는 따뜻한 글에 우리 모두 더불어 사는 아름다운 세상을 본다.

봄 • 162p

봄의 문이 열리는 소리를 들을 수 있는 맑은 청력과 새싹들의 표정을 살필 수 있는 고운 시력을 갖고 있다.뿐만 아니라 어린 이다운 순수한 상상력을 봄이란 작품을 통해 보여 주고 있다.

채송화 146p

외소한 대상의 존재를 부각시키려고 한 작품이다.
아이가 언제 돌아오는지,누구네 집 창문을 깼는지 잘 안다고 채송화의 편을 든다. 그런데 키 큰 해바라기도 그걸 모를리 없다. 채송화만 볼 수 있는 세상을 독자로부터 그려내게 한다.

손과 발 • 124p

손과 발은 서로를 격려하고 칭찬한다.
도우면서 살아가야 한다는 주장을 내면에 깔고 있다.

늘 곁에 있음으로 깨닫지 못하는 존재, 서로 없어서는 안되는 존재에 새삼 고마움을 느끼게 된다.

파도 •50p

여름날, 파도가 밀려오는 바닷가에서 온종일 뜨거운 태양 아래 물놀이를 하는 아이의 동심을 보는 것 같아 코로나의 답답한 일상에서 잠시 벗어나 잡다한 걱정들을 지워본다.

나무 •92p

나무는 자연의 소리가 키우고, 나무의 몸은 온갖 소리와 더불어 자라는가 보다. 바람이 물꼬를 틀고, 햇살이 물을 길어 올리고, 기지개도 켜고 그리고 새싹이 움트며 자라고 있다.
가만히 마주한 나무의 이마쯤에 꽃등이 켜지고, 푸른 품이 열리며 꽃잎이 벌어진다. 커진 만큼 나무는 환해지고 있다.
시인이 바라 보던 그 나무는 늦가을에 찾아 온 비를 맞으며 무슨 생각에 젖어 있을까?

괜찮아! •36p

첫 눈에 들어온 4연 13행의 강지혜의 「괜찮아!」는 현대시의 언어적 특성을 논하기 이전의 직설적인 언어가 부담 없이 쉽게 읽힌다. 그리고 미래지향의 긍정적 사고와 희망과 위로를 독자들에게 안겨주는 시의 내용이 따뜻하게 감지되어 시의 정신적 치유의 기능을 느끼게 한다. 그것은 이 시속에 들어 있는 시인의 맑고 순수한 마음 때문이라고 생각된다.
이 시에서 '괜찮아'의 반복은 심리적인 면에서 자신감을 일깨

우는 자기암시(自己暗示)의 기능을 발휘하고 있다. 그런 심리적 효과는 시인 자신에게만 한정되지 않고 시를 읽는 독자들에게도 무의식적 반응을 일으키게 된다.

다음 글은 〈지하철시 독자의 소리〉 410쪽에 실린 시민의 글이다.

강지혜의 「괜찮아!」와 연결해 보면 지하철시의 특성이 부각된다. (어느 우울한 날 지하철을 타고 집에 간 적이 있었다. 그때 우연히 스크린 도어 속에 있는 시를 발견했고 읽기 시작했다. 그 시들을 보면서 나는 마음이 따뜻해지면서 격려와 위로를 받았다. (중략) 시속에는 많은 것들이 담겨져 있고, 그 속에서 내가 몰랐던 나를 발견한 것이다.

반딧불이의 희망 • 132p

반딧불이는 보통 암수가 짝을 찾기 위해 불을 켜고 날아다니는데 엄마의 자식에 대한 사랑의 측면에서 반딧불이를 바라본 점이 독특하다.

어둠속에서 앞장 서서 자식을 안전하게 인도하는 엄마의 따듯한 사랑이 있는 한 어찌 이 세상이 두렵겠는가.

반딧불이의 희망

물가 풀숲에서 나온 반딧불이
꽁무니에 등불을 달고 날아다녀요
밤길이 어두울까 봐
엄마 반딧불이는 환한 등불을 켜고
앞장서 손짓 합니다
나뭇잎 뒤에 있던 아기 반딧불이도
용기 내 따라 나섭니다

찬 이슬 머금은 아기 반딧불이
날개돋이를 하며
하나 둘 꼬마 전구를 켭니다
깜빡깜빡 빛을 내며
하늘로 힘껏 날아오릅니다

와아,
반짝반짝 빛나는 세상이다
밤이 하나도 무섭지 않아

Firefly's Hope

Fireflies from the water's grass
He's flying around with lanterns on his tail!
I don't want it to be dark at night
Mommy fireflies light bright lanterns
Lead the way
And the baby fireflies behind the leaves
Courage to follow

a baby firefly laden with cold dew
with the wings raised
One, two, I'm turning on the light bulb
with a flickering light
Flying high into the sky

Wow,
it's a shiny world
I'm not afraid of the night